KB260178

烟 Smoke

Text Copyright ⓒ 2014 曹文轩 CAO WENXUAN
Illustration Copyright ⓒ 2014 郁蓉 YU RONG
All rights reserved
Korean copyright ⓒ 2016 by Dahli Children's Books
Korean language edition arranged with 21 st Century Publishing House
through Eric Yang Agency Inc.

연기

글쓴이 차오원쉬엔 | 그린이 위룽 | 옮긴이 박주은

달리

훌쭉이네 집

뚱뚱이네 집

뚱뚱이네 집은 강의 동쪽에,

홀쭉이네 집은 강의 서쪽에 있었습니다.

두 집안은 서로 사이가 좋지 않았습니다.

그러던 어느 날, 뚱뚱이와 홀쭉이가

외나무다리 위에서 마주쳤습니다.

뚱뚱이가 말했습니다.

"이 다리에 내가 먼저 올라왔어!"

홀쭉이도 말했습니다.

"이 다리에 내가 먼저 올라왔어!"

두 사람은 누가 먼저랄 것 없이 싸우기 시작했습니다.

두 사람은 소리를 지르고, 멱살을 잡고,

주먹으로 때리며 싸웠습니다.

그러다가 그만 둘 다 '풍덩' 하고 강물 속으로 빠졌습니다.

그들은 물속에서도 고개만 내민 채 서로를 욕하기 바빴습니다.

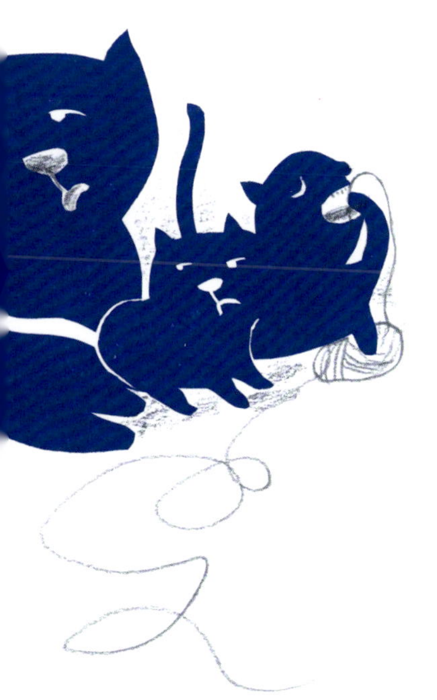

물에 젖은 채 집으로 돌아온 뚱뚱이는 아들 뭉치에게 말했습니다.

"앞으로는 강 서쪽에 사는 장대하고 놀지 말거라.

그 집 사람들은 비쩍 말라서 보기 흉하다니까."

뭉치는 자기 집 강아지인 넓적이에게 가서 말했습니다.

"너도 강 서쪽에 사는 길쭉이랑 놀지 마.

귀가 그렇게 길쭉해서야, 원. 그게 강아지야? 괴상하게 생긴 토끼지."

물에 젖은 채 집으로 돌아온 홀쭉이는 아들 장대에게 말했습니다.

"앞으로는 강 동쪽에 사는 뭉치하고 놀지 말거라.

그 집 사람들은 뒤룩뒤룩 살이 쪄서 보기 흉하다니까."

장대는 자기 집 강아지인 길쭉이에게 가서 말했습니다.

"너도 강 동쪽에 사는 넓적이랑 놀지 마.

귀가 그렇게 넓적해서야, 원. 그게 강아지야? 괴상하게 생긴 돼지지."

강 동쪽 사과나무 아래 앉은 뭉치는 강 서쪽을 바라보았습니다.

강 서쪽 사과나무 아래 앉은 장대는 강 동쪽을 바라보았습니다.

둘은 그렇게 서로를 바라보다가 고개를 돌려 버렸습니다.

강 동쪽 사과나무 아래 앉아 있던 넓적이는 강 서쪽을 바라보았습니다.

강 서쪽 사과나무 아래 앉아 있던 길쭉이도 강 동쪽을 바라보았습니다.

그렇게 하루가 지나자 강아지들은
심심해서 견딜 수가 없었습니다.
결국 강 건너편으로 가려고
물속으로 '풍덩' 뛰어들었습니다.

돌아온 강아지들은
사과나무 아래에 잠자코
웅크리고 앉았습니다.

뭉치와 장대는 그 모습을 멍하니 바라보았습니다.
넓적이와 길쭉이도 멍하니 바라보았습니다.

뚱뚱이와 홀쭉이도 멍하니 바라보았습니다.

뚱뚱이네 가족들과 홀쭉이네 가족들도 멍하니 바라보았습니다.

넓적이와 길쭉이는 '멍멍멍' 짖기 시작했습니다.

강아지들은 풀쩍풀쩍 뛰었습니다.

두 연기는 하늘 아래에서 신 나게 놀다가, 강물 위로 날아갔습니다.

넓적이와 길쭉이는 곧바로 연기를 쫓아갔습니다.

검은 연기, 하얀 연기와 함께 놀고 싶어서 물속으로 풍덩 뛰어들었습니다.

강의 동쪽 집안사람들과 강의 서쪽 집안사람들도

강둑을 따라 앞으로 앞으로 달려갔습니다.

강아지들은 물속에서 헤엄치다가 즐거워서 '멍멍멍' 하고 짖었습니다.

뭉치와 장대도 참지 못하고 뒤쫓아 갔습니다.

검은 연기와 하얀 연기가 어우러져 노는 것을 보자,

강아지들이 즐거이 헤엄치는 것을 보자,

자신들도 물속으로 풍덩 뛰어들었습니다.

둘은 앞으로 앞으로 헤엄쳐 갔습니다.

얼마 후 뭉치와 장대는 작은 배 하나를 얻었습니다.

둘은 강아지 두 마리도 배에 태우고 연기를 쫓아갔습니다.

검은 연기와 하얀 연기는 하늘에서 놀고 땅 위로 내려왔다가 다시 하늘로 날아올랐습니다.

강아지들과 아이들은 강의 동쪽, 서쪽에 있는 자기네 집으로 돌아갔습니다.

양쪽 강둑에서 두 집안의 할아버지, 할머니,

아버지, 어머니, 형, 누나, 여동생이 기다리고 있었습니다.

뚱뚱이가 강 맞은편에 있는 사과나무를 보며 소리쳤습니다.

"그 집 사과가 참 보기 좋게 열렸네요. 밝게 빛나는 황금 같아요."

홀쭉이도 강 맞은편에 있는 사과나무를 보며 소리쳤습니다.

"그 집 사과도 참 보기 좋게 열렸네요. 붉게 빛나는 태양 같아요."

뚱뚱이가 자기 집 사과나무에서 사과 하나를 따서 강 서쪽으로 던졌습니다.

"자, 한번 맛보세요!"

홀쭉이도 자기 집 사과나무에서 사과 하나를 따서 강 동쪽으로 던졌습니다.

"자, 한번 맛보세요!"

할아버지, 할머니, 어머니, 형, 누나, 여동생 들도 모두 자기 집 사과나무에서
사과를 따서 강 맞은편으로 던졌습니다.

하늘 위로 붉은 사과와 황금 사과가 어지러이 날아다녔습니다.

검은 연기와 하얀 연기는 하나로 합쳐져 회색 구름이 되어 날아갔습니다.
구름은 아주 높이, 저 멀리로 날아갔습니다.

연기

차오원쉬엔 글 | 위롱 그림 | 박주은 옮김

1판 1쇄 펴냄 2016년 1월 4일
1판 2쇄 펴냄 2019년 12월 16일

펴낸이 박소연
펴낸곳 (주)도서출판 달리
등록 2002. 6. 4.(제10-2398호)

디자인 ALL 02-776-9862

주소 04008 서울시 마포구 희우정로 16길, 17-5
전화 02-333-3702
팩스 02-333-3703

ISBN 978-89-5998-299-8 77820

글쓴이 차오원쉬엔 曹文軒

1954년 중국 장쑤성(江蘇省) 옌청(鹽城)에서 태어났습니다. 현재 베이징 대학교 박사과정 지도교수이며, 중국 작가협회 전국위원회 위원, 베이징작가협회 부주석을 맡고 있습니다. 중국 출판정부상, 중국 언론출판 총서 우수도서상 등 유수의 도서상을 수상했고, 국제 안데르센상 후보로 추천된 바 있습니다. 주요 작품으로는 〈바다소〉, 〈바보 같은 닭〉, 〈초가집〉, 〈사춘기〉, 〈청동 해바라기〉, 〈빨간 기와〉 등이 있습니다. 그 가운데 〈깃털(羽毛)〉은 "올해의 가장 아름다운 동화"라는 호평을 받았고, 〈하늘의 외침(天空的呼喚)〉은 "대중이 가장 사랑하는 50권의 도서" 가운데 하나로 선정되었습니다.

그린이 위룽 郁蓉

영국 국적의 화교로, 영국 왕립아카데미에서 석사과정을 이수했습니다. 영국, 미국, 이탈리아, 네덜란드, 일본 등지에서 작품집을 출간한 바 있으며, 최근에는 중국 내 출판사들과의 합작으로 작품 활동을 이어오고 있습니다. 첫 번째 그림책인 〈구름 같은 구관조(雲朵一樣的八哥)〉는 제24회 브라티슬라바(Bratislava) 국제 일러스트레이션 비엔날레(BIB)에서 황금사자상을, 〈황금 풍차(金風車)〉는 2013년 상하이 국제도서전에서 최고 아동도서상을 수상했습니다.

옮긴이 박주은

이화여자대학교 중어중문학과를 졸업하고, 현재 바른번역에서 외서 기획 및 전문번역가로 활동하고 있습니다. 옮긴 책으로는 〈창작에 대하여〉, 〈품인록〉, 〈엄마는 아들을 너무 모른다〉, 〈후회 없는 결정〉, 〈류찬즈의 경영 혼〉 등이 있습니다.